AF131508

Sur le chemin de mon père..

Chantal BERNATI

Édition : BoD – Books on Demand
12/14 rond-point des Champs Élysées,
75008 Paris
Impression : BoD – Books on Demand,
Norderstedt, Allemagne
ISBN : 9782322114856
Dépôt légal : Octobre 2016

Toute représentation intégrale ou partielle faite sans le consentement de l'auteur ou de ses ayants droit ou ayants cause est illicite.

Chantal Bernati est née en 1966, elle entre à « La Société des Auteurs Savoyards » en mars 2016 avec son roman « Partir avant de vous oublier… »

Bibliographie :

« Une adolescence volée » 2014

« Partir avant de vous oublier… » 2015

« Après toi… » 2015

« Comme une ombre au fond de ses yeux » 2016

« Un cœur en hiver » 2017

« Une vie… » 2019

*À mon cousin **Franck Sampol**, qui me manque tant et avec qui j'ai tellement de souvenirs inoubliables dans la vallée des Belleville…*

*À mes frères, **Patrick et Daniel Menoud** qui ont grandement contribué à ces souvenirs,*

*À mes parents, à toi, **Maman** qui me faisait de si jolies poupées avec des fleurs et des feuilles,*

*À mes tantes, **Thérèse Sampol et Chantal Favre**,*

*À mes grands-parents, **Angèle et Rémy Favre**,*

À mes grands-oncles et tantes, **Joachim et Pauline Charvin, Eugénie et Paul Plaisance**,

À mes cousins **Plaisance**,
À mes cousins **Favre**,

À mon arrière-grand-père **Hippolyte Favre**,

À **Marie Rey** *pour les belles histoires qu'elle me racontait en patois,*
À **Jean Rey,** *facteur toujours de bonne humeur, que je guettais pour l'échange de courriers.*

À **Monsieur et Madame Hudry**, *à* **Monsieur et Madame Dujean**, *à* **Chantal Dujean**, *à* **Chantal et Régis**

Tatou, avec qui j'ai passé mes toutes premières vacances à Gittamelon,

Aux habitants et vacanciers des Frênes, de Gittamelon, des Varcins (Familles **Rey, Favre**…), de la Rochette (familles **Frémiot, Contoz**, **Jay** (et particulièrement **Thierry**), **Jean-Noël Roux-Mollard**…), de Planvillard (familles **Bouchard, Borrel**…) et de Villaranger que j'ai retrouvés chaque été avec plaisir …

 Sans oublier « **Missette** », petite chienne mémère, qui nous suivait partout aux Frênes,

Et enfin à **Sam**, adorable chien de « **Mamou** » qui surveillait les enfants que nous étions, en même *temps que les chèvres, dans les années 70 !*

À tout ce petit monde qui a contribué à me faire passer des vacances mémorables dans la vallée des Belleville, il y a environ une petite cinquantaine d'années (entre 1970 et 1983), je voudrais vous dire **MERCI !**

Je dédie ce livre tout spécialement à
***Jeannot Humbert** qui nous a quitté
un triste jour de juin 2021, il va nous
manquer, il était l'âme de la vallée
des Belleville.*
*Jeannot, si ce roman est ce qu'il est,
c'est en partie grâce à toi, j'en ai
passé du temps à t'écouter me
parler de ta vie de facteur, à rire de
tes anecdotes devant un café, sous
l'œil indulgent et complice de*
***Maria**.*

« En vérité le chemin importe peu, la volonté d'arriver suffit à tout »
Albert Camus

Chapitre 1

- Bâtard !

Ce mot résonne dans la tête de Timothée ; Hugo lui a lancé cette insulte lors d'un match de foot qui les oppose. Ce n'est pas la première fois que Tim l'entend, mais cette fois-ci, son opposant a ajouté : « fils de personne ! »

Timothée est âgé de neuf ans, il est en CM1. C'est un petit garçon espiègle, pas plus terrible qu'un autre. Il a les cheveux bruns, des yeux très sombres, presque noirs et un magnifique sourire. Jules et

Tommy sont ses meilleurs amis depuis la maternelle et ensemble ils refont le monde, comme beaucoup d'enfants à cet âge-là. Sa maman, Aurore, dit de lui qu'il est l'homme de la maison, car de papa, Timothée n'en a pas, et c'est bien là le principal problème du jeune garçon. Sa mère lui a dit qu'il était parti comme il était venu, sans bruit. Tim ne comprend pas trop ce que ça veut dire. Peut-on quitter femme et enfant, comme ça, sans bruit ? Cette explication ne lui suffit plus, mais devant le silence de sa mère et l'insulte d'Hugo, le jeune garçon se doit d'agir et de retrouver son père. Mais que sait-il de lui ? Un prénom, Eric, et ce détail : une fois, lors d'une balade, comme ils croisaient un troupeau de chèvres, Aurore lui avait dit, d'une voix mélancolique, « ton père adorait les chèvres ».

C'est bien peu, mais Tim est persuadé qu'en questionnant encore sa mère, il aura suffisamment d'indices pour le retrouver.

Ce soir-là, quand sa mère rentre de la supérette où elle a été faire quelques courses, elle trouve son fils avec le visage des mauvais jours.

- Bonjour, mon chéri, ça ne va pas ?

- Non !

- Viens me raconter tes malheurs.

- Papa, il aimait les chèvres et quoi d'autre ?

Aurore a encore beaucoup de mal à parler du père de son fils. Elle soupire :

- Il aimait les montagnes, le calme…

- Et puis quoi d'autre ?

- Il disait toujours « un jour, j'irai vivre dans la vallée des Belleville… »

- C'est où, ça ?

- En Tarentaise. Et maintenant, va prendre ta douche, je vais préparer le repas.

Timothée monte dans sa chambre et consigne toutes les informations que sa mère lui a données sur un cahier, le range soigneusement dans son bureau et va prendre sa douche.

Au moment du repas, il essaye bien de remettre la conversation sur son père, mais, comme d'habitude, sa mère coupe court à ses questions.

Tim est habitué aux humeurs de sa maman. Il l'a toujours connue triste ; rares sont les fois où elle sourit, tout a l'air d'être effort pour cette femme. Elle a perdu le goût de vivre en même temps qu'elle a perdu le père de son fils. Ce dernier n'a pas eu le temps de le reconnaître, il est parti avant sa naissance. Depuis, elle survit pour son fils, mais plus jamais elle n'a regardé un autre homme et pourtant c'est une très belle femme, toute fine, presque maigre. Elle s'était raccrochée à Eric après une rupture douloureuse et après lui, il lui semblait que plus jamais elle ne pourrait être heureuse. Deux déceptions à la suite lui avaient fait comprendre qu'elle n'était pas faite pour le bonheur.

Les années sont passées et Aurore n'a jamais retrouvé la joie de vivre ;

son fils est son seul rayon de soleil. Elle est fille unique et n'a plus ses parents. Sans famille, elle vivote, solitaire et dépressive.

Sa mère n'ayant bien souvent le courage de rien, Timothée prend en charge beaucoup de choses ; régulièrement, il cuisine, fait les lessives, passe l'aspirateur. Cette vie ne lui pèse pas plus que ça ; il est simplement étonné, quand il va passer des après-midis chez Jules ou Tommy, de les voir plaisanter et rire avec leur mère.

Timothée a du mal à trouver le sommeil ce soir-là ; il cherche un moyen de retrouver son père. Soudain une idée lui vient ; comment n'y a-t-il pas pensé plus tôt ! Il va regarder sur le bottin téléphonique de sa mère, cherchera dans la vallée des Belleville toutes les personnes qui se prénomment Eric ; il les appellera et leur demandera si elles ont des chèvres. Puis quand il aura trouvé cet homme, son père, il notera l'adresse et lui écrira.

Il lui dira la tristesse de sa mère, il lui expliquera qu'il faut revenir, qu'il n'en peut plus, lui Tim, de n'être le fils de personne. Sûr que son père comprendra et reviendra. Satisfait de son idée, Timothée s'endort avec un sourire sur les lèvres.

Le lendemain, en rentrant de l'école, le garçon met son plan à exécution ; il s'installe à son bureau, prend l'annuaire, son cahier, et patiemment, relève tous les numéros des « Eric ». Il élimine les « Eric » des villes.

Pour Timothée, son père ne peut vivre qu'à la campagne, au milieu des chèvres. Il trouve vingt-sept noms, attend que sa mère sorte faire des courses, et commence à les appeler un par un en leur demandant s'ils ont des chèvres.

Tim a toutes sortes d'accueils, certains ne lui répondent même pas et raccrochent immédiatement, d'autres lui disent de s'occuper de ses affaires. Un Eric, très gentiment, lui explique qu'il aurait adoré, mais qu'il est âgé de quatre-vingt-six ans et qu'il est trop vieux pour s'occuper de chèvres. Quatre d'entre eux lui disent qu'ils ont des vaches et enfin un lui répond qu'effectivement il a quelques chèvres et lui demande pourquoi il lui pose cette question. Timothée a bien évidemment préparé une réponse :

- C'est pour l'école, Monsieur, on doit faire un exposé sur les chèvres, mais je n'y connais rien et je n'ai pas internet.

- C'est bien, petit, pose-moi tes questions et j'y répondrai avec plaisir.

- C'est-à-dire que je n'ai encore rien préparé, j'attendais de trouver quelqu'un de sympa qui veuille bien me répondre. Le problème, c'est ma mère…

- Oui, et quel est le problème avec ta maman ?

- Ben, le téléphone, c'est cher ! Maman va râler ! Je ne pourrai pas plutôt vous écrire et vous me répondrez aussi par lettre ?

- Si tu veux. Mais ta mère est d'accord ?

- Oui, oui…

- Dis-moi, comment t'appelles-tu ?

- Timothée…

- Bon, Timothée, tu as de quoi noter, je te donne mon adresse ?

- Oh oui, M'sieur, vous êtes très gentil !

- Eric Bernard, comme le prénom.

- Avec un « D » à la fin ?

L'homme acquiesce et lui donne son adresse. Tim le remercie de nouveau et raccroche, un sourire aux lèvres.

Ce soir-là, le jeune garçon imagine tout ce qu'il pourra raconter à Eric et s'endort, heureux.

Chapitre 2

Son chien, Sam, couché près de lui, Eric est assis sur son perron, une cigarette à la bouche, il admire le paysage tout en pensant au jeune garçon ; son appel l'a intrigué. Il a senti dans la voix de Tim comme une prière et il n'a pas eu le cœur à l'envoyer paître. Que lui veut-il exactement ? Car Eric sent bien que l'enfant ne lui dit pas la vérité. Bah, il verra bien quand il recevra sa lettre ! Il se plonge de nouveau dans la contemplation du paysage, un bien-être l'envahit quand il voit ces magnifiques montagnes, ces vastes prairies…

L'homme ne regrette pas d'avoir tout quitté pour venir élever des chèvres en Tarentaise. Certes, il gagne beaucoup moins d'argent, mais qu'est-ce que la richesse quand on possède la liberté, qu'on mène la vie dont on rêve. Eric a un grand potager ainsi qu'un magnifique verger qu'il entretient avec passion et le mardi, il descend à Moûtiers vendre ses fruits, ses légumes et ses fromages de chèvre. La solitude ne lui pèse pas. Il a une petite amie, Raphaëlle, qui est institutrice à Moutiers ; elle le rejoint dans sa maison de montagne presque chaque week-end, ils sont bien ensemble, mais chacun apprécie sa quiétude et son chez-soi. La jeune femme, âgée de trente-cinq ans, est brune, à l'inverse de son ex-femme, Elsa, qui était blonde. Tout les différencie ; Raphaëlle est gaie, spontanée, heureuse d'un rien, simple, tandis qu'Elsa était superficielle et voulait toujours plus. Eric avait été bêtement séduit par sa beauté et n'avait pas vu qu'elle n'aimait que l'argent. Il l'avait épousé, fou d'amour, mais il avait vite compris qu'ils n'avaient rien en commun. Elsa était une citadine et ne pensait qu'à sortir alors que lui aimait rester tranquille, au calme chez eux, après une journée passée à la banque où il exerçait son métier de conseiller financier. Son père, banquier lui-même, l'avait poussé dans cette voie alors qu'il rêvait de travailler en pleine nature. Ses meilleurs souvenirs d'enfance et d'adolescence sont les vacances qu'il a passées chaque été chez ses grands-parents dans la vallée des Belleville, entouré de montagnes, au milieu des chèvres.

Là-haut, il a appris à jardiner, à greffer des arbres, à aimer la terre, à faire des fromages de chèvre, à prendre le temps de vivre, tout simplement. Quand son grand-père, suivant de peu sa grand-mère, était décédé, Eric avait hérité de leur maison et il n'avait eu de cesse d'y habiter. Elsa n'avait pas voulu en entendre parler et ils avaient divorcé. Puis il avait démissionné, acheté quelques chèvres, pris un chien de berger, travaillé dur et enfin, il avait eu cette vie dont il avait tant rêvé. Son seul regret est de ne pas avoir d'enfant, mais Elsa n'en avait pas voulu, trop de contraintes, disait-elle.

Puis le temps a passé, il n'a plus jamais aimé suffisamment quelqu'un pour lui faire un petit et à quarante-neuf ans maintenant, il est bien un peu tard pour être père. Quant à Raphaëlle, qu'il a rencontrée lors d'un bal de village voilà maintenant deux années, elle ne peut pas avoir d'enfant et se console en s'occupant de ceux de l'école.

Eric soupire, entre dans sa maison, boit un café, le moral un peu bas d'avoir ressassé son passé. Il prend son portable et compose le numéro de Raphaëlle :

- Bonsoir, Raphie, c'est Eric.

- Bonsoir, tu as une petite voix...

- Je n'ai pas trop la forme ce soir... Figure-toi qu'un gamin m'a téléphoné aujourd'hui...

Et Eric lui rapporte leur conversation téléphonique.

- C'est bizarre, effectivement. Et tu vas lui répondre s'il t'écrit ? lui demande-t-elle.

- Je pense, oui. Tu crois que je ne devrais pas ?

- Je ne sais pas, attends sa lettre et tu verras bien à ce moment-là.

Le couple discute encore un moment et Eric raccroche, fatigué ; la journée a été forte en émotions pour lui qui mène une vie si tranquille.

Il va se coucher avec un vague sentiment d'insatisfaction ; ce gamin a réveillé en lui le regret de ne pas avoir d'enfant.

Chapitre 3

Timothée est assis devant sa feuille blanche, ne sachant comment commencer sa lettre.

Il l'écrit, la jette, la recommence puis finalement les mots se couchent sur le papier tout simplement.

Eric s'occupe de ses poules quand le facteur, Jean de son prénom, l'apostrophe :

- Bien le bonjour, Eric ! J'ai une lettre pour toi ! Une, écrite à la main, ça devient rare ! De mon temps, les gens écrivaient, mais maintenant avec le téléphone, il n'y aura bientôt plus besoin de facteur !

- Bonjour, Jeannot ! Ne t'inquiète donc pas ! Du courrier, il y en aura toujours ! Viens donc boire un coup !

- Ce n'est pas de refus ! Je suis tout fatigué avec cette chaleur !

Le vieux facteur s'installe à la table en bois qu'Éric a faite, et ce dernier lui sert un verre de vin blanc, car comme dans bien des coins de Savoie, c'est la coutume. Eric regarde la lettre que le vieil homme a posée sur la table ; il est évident que c'est celle du jeune Timothée.

- Tu ne l'ouvres pas, l'ami ?

- Non, je regarderai ça tout à l'heure…

- Eh ben, t'es pas curieux ! Qui peut bien t'écrire ?

- Je ne sais pas, Jeannot… Dis-moi, comment va ta femme, ajoute Eric pour changer de sujet.

- Oh, la Maria, elle va pas mal, toujours à me faire la vie parce que je m'arrête chez les copains !

Les deux hommes discutent un moment et le facteur reprend sa tournée. Eric se retrouve enfin seul, il ouvre soigneusement la lettre, curieux malgré lui.

Monsieur,

Je vous ai téléphoné et vous avez été très gentil de me répondre ; ça m'a fait vraiment plaisir, car les autres personnes n'ont pas été très sympas avec moi.

Alors voilà, je dois faire un exposé sur les chèvres, mais moi, je n'y connais rien et j'aimerais bien que vous m'appreniez plein de choses. Par exemple ce qu'elles mangent, ce qu'elles font toute la journée et à quoi ça sert.

Merci monsieur,

Tim

Eric sourit, ce petit garçon ne doit effectivement pas trop s'y connaître en animaux de ferme pour demander à quoi sert une chèvre ! Il a envie de lui répondre tout de suite.

Bonjour Timothée,

C'est avec plaisir que je réponds à ta lettre.

Tu vois, Tim, les chèvres, d'abord il faut les aimer ! Et puis tous les matins, avec mon chien, Sam (c'est un chien de troupeau, un border collie), je les emmène en champs. Elles mangent de l'herbe toute la journée et le soir, quand je les rentre, je les trais. Je récupère le lait pour faire des fromages que je vends sur le marché de Moutiers, le mardi.

As-tu déjà mangé des crottins de chèvre, Tim ? C'est le nom que l'on donne à ces petits fromages ronds, il y en a des frais, des secs, des demi-secs et je fais aussi de petites tomes.

Parle-moi un peu de toi, mon garçon, dis-moi si tu as des amis, si tu aimes l'école…

À bientôt de te lire,

Eric

Eric met la lettre dans une enveloppe, inscrit dessus l'adresse que Tim a écrite en haut de son courrier, la ferme et la laisse sur la table, bien en évidence afin de la poster au plus vite. Sans qu'il sache pourquoi, d'avoir reçu une lettre lui a mis du baume au cœur. Il vaque à ses activités, un sourire aux lèvres.

Chaque jour, quand Timothée rentre de l'école, il passe prendre le courrier, c'est ainsi depuis plusieurs années, Aurore n'y pense tout simplement pas. Quand on n'attend plus rien de la vie, on n'attend pas le facteur…

Ce jour-là, Tim ouvre la boîte aux lettres et y trouve la lettre d'Éric. Il l'espérait tant, mais sans y croire vraiment. Il la plie délicatement, la met dans sa poche et amène le reste du courrier à sa mère ; il monte rapidement dans sa chambre, s'assoit sur son lit et ouvre la lettre tant attendue. Un sourire se dessine sur le visage du jeune garçon ; Eric s'intéresse à son quotidien, lui pose des questions sur sa vie et l'appelle « mon garçon » ! Une joie profonde monte en lui, il lui semble qu'enfin il va retrouver son papa !

- Tim ! Viens mettre la table ! appelle sa mère.

Le jeune garçon cache la lettre sous son oreiller et descend les escaliers en courant, tout sourire.

- Hé bien, mon fils, te voilà bien gai ! lui dit sa mère.

- Oui maman. Tu sais qu'à l'école on étudie les chèvres ? J'aimerais bien qu'un jour on aille en voir pour de vrai !

- Oui, hé bien, on verra. Mets donc la table !

Timothée s'exécute et ils dinent sans un mot ; sa mère reste enfermée dans son éternel mutisme, mais Tim n'en souffre pas, aujourd'hui ses pensées divaguent-dent dans les hautes montagnes de Savoie…

Chapitre 4

Ce matin-là, Timothée se sent fort, bientôt, il ne sera plus celui que l'on nomme le bâtard. Quelque part, au milieu des montagnes, se trouve, sans doute, son père. Pas un instant, l'enfant ne doute être le fils d'Éric Bernard. Un jour, c'était sûr, sa famille sera réunie ! Le jeune garçon raconte à ses deux amis qu'il a retrouvé son papa. Il leur explique comment il a procédé, enjolive un peu les mots d'Éric ; Jules et Tommy en sont à leur tour convaincus. C'est leur secret et, au fil des jours, leur principal sujet de conversation.

Quand Eric voit arriver le vieux facteur de la vallée, un grand sourire se dessine sur son visage, il est certain que Jean lui amène une lettre de Tim.

- Bien le bonjour, l'ami ! Tu as encore une lettre comme celle de l'autre jour ! Elle vient de la ville, qui c'est-y donc qui t'écrit ?

Le facteur est comme ça, nature, et n'hésite pas à questionner ceux qu'il dessert. Il connait tout de tout le monde. En montagne, le facteur sert souvent de confident aux personnes seules, il lui arrive de faire une course pour une personne âgée, de donner un coup de main, il est apprécié et attendu par nombre d'habitants ! Eric sourit et lance :

- C'est un gamin de la ville…

- Et qu'est-ce qu'il te veut à t'écrire comme ça ?

- Il s'intéresse aux chèvres...

- Ben, pourquoi ?

Eric répond par une question, dans l'espoir que le vieil homme cesse son interrogatoire :

- Tu bois un petit coup de blanc, Jeannot ?

- Je veux bien, petit, c'est-y que je suis plus tout jeune et je me déshydrate vite ! À la télévision, ils disent qu'à mon âge, avec cette chaleur, il faut boire souvent ! On est fin septembre et on se croirait en juillet, ce temps est tout « fada » !

Eric sourit. Ce facteur est un phénomène à lui tout seul ! Les deux hommes s'attablent, Eric leur sert à boire. Jeannot, tout naturellement, reprend une ancienne conversation que les deux hommes ont fréquemment et qu'Éric esquive toujours.

- L'ami, pourquoi tu l'épouses pas, la Raphaëlle ? C'est une belle femme, elle te ferait de beaux petits. Tu ne vas pas rester habiter ici, tout seul, comme un sauvage !

- Arrête avec ça ! Tu me le répètes toutes les semaines !

- Ben oui, mais t'écoutes rien aux conseils des anciens !

- Ecoute, Jeannot, j'ai déjà été marié et ce ne fut pas concluant et avec Raphaëlle, on est heureux comme ça ! Cette vie nous convient parfaitement, alors s'il te plait, cesse de vouloir me marier ! le coupe-t-il un peu sèchement.

- Comme tu voudras, petit, répondit le facteur, un brin vexé.

Eric se rend compte qu'il a été un peu dur avec le vieil homme, aussi ajoute-t-il en souriant :

- C'est gentil à toi de t'inquiéter, mais j'ai bien trop mauvais caractère pour qu'une femme me supporte au quotidien !

Jeannot éclate de rire et répond :

- Allez, tu as bien raison, les femmes, ça fait rien que nous engueuler ! Il se lève et ajoute :

- C'est pas le tout, mais j'ai encore du boulot, moi ! À bientôt.

- Salut, Jeannot, merci et bonne journée.

Dès que le facteur a tourné les talons, Eric s'empare de la lettre, s'installe sur le vieux rocking-chair et peut enfin savourer la réponse de Timothée.

Bonjour Eric (je pense que je peux vous appeler par votre prénom vu que vous signez comme ça)

Votre lettre m'a fait très plaisir, c'est la première fois que je reçois du courrier à mon nom. Ça doit être trop bien d'être facteur, les gens vous accueillent comme un roi tellement ils sont contents d'avoir une lettre ! Moi je ne le vois pas souvent le facteur, car je suis à l'école quand il passe, mais quand je suis en vacances, je le guette au cas où j'aurais du courrier pour moi, mais ce n'était jamais arrivé avant aujourd'hui. Vous aimez bien, vous, avoir des lettres ?

Eric interrompt sa lecture, sourit ; ce jeune garçon est très spontané. Finalement il connait bien peu les enfants, pourtant Raphaëlle lui raconte souvent des anecdotes de l'école.

Il a de nouveau un pincement au cœur, il aurait tellement aimé en avoir, il aurait eu tant à partager avec eux. Il allume une cigarette, laisse ses pensées divaguer. Il regarde la montagne au loin, imagine des gamins courir dans la descente en poussant des cris de joie. Non, il ne souffre pas de solitude, mais il y a ce manque au fond de lui. Et il sait que, rien, jamais, ne comblera ce vide. Il soupire puis reprend sa lecture.

Vous me demandez de vous parler de moi ; alors voilà, j'ai neuf ans, je suis en CM1. J'aime assez bien l'école même s'il y a un CM2 qui m'embête tout le temps en récréation. Sinon j'ai deux super copains, Jules et Tommy et quelques fois ils m'invitent chez eux et j'aime bien. Ils ont des mamans trop cool qui font de très bons gâteaux. Maman, elle, elle n'en fait jamais, elle dit qu'elle n'a pas le goût, qu'il lui faut déjà vivre et que c'est déjà bien assez dur comme ça. Tu sais, maman, elle est toujours triste.

Eric remarque que Tim alterne le tutoiement et le vouvoiement au fil des mots et des émotions.

Et sinon, vous en avez combien des chèvres ?

Non je n'ai jamais mangé des crottins en fromage et je n'en ai jamais vu. Peut-être si un jour on passe vers chez vous, vous m'en ferez goûter ?

Merci pour les renseignements sur les chèvres, ça m'aide bien. Et si vous avez encore des choses à m'apprendre sur elles, dites-les-moi.

J'attends votre réponse avec impatience,

Tim

Mille questions habitent les pensées d'Éric : pourquoi sa mère est-elle toujours triste, pourquoi ne parle-t-il pas de son père, pourquoi guette-t-il le facteur, qui est ce CM2 qui l'embête ? Eric décide de répondre immédiatement à Tim. Il va chercher de quoi écrire et s'attable sous le vieux pommier, à l'ombre. Un vent léger souffle, il est bien. Aussitôt ses mains courent sur le papier et en un quart d'heure il a fini sa lettre. Bizarrement cette correspondance lui donne du bonheur et il a déjà hâte de lire le jeune garçon.

Chapitre 5

Timothée, allongé sur son lit, ouvre la lettre qu'il vient de recevoir.

Salut Tim,

À moi aussi, tes lettres me font plaisir ; elles égayent mes journées et je me surprends aussi à guetter le facteur. Oui, c'est un beau métier que facteur ; il est le lien entre nous et ceux que l'on aime.

Bien sûr que tu peux m'appeler Eric et tu peux également me tutoyer si tu en as envie.

Si tu viens un jour jusqu'à chez moi, c'est avec un grand plaisir que je te ferai goûter mes fromages et que je te montrerai mes chèvres. J'en ai une trentaine et si tu viens au printemps, tu verras des chevreaux. Les chèvres, mon petit, elles n'aiment rien tant que courir et escalader dans la montagne.

Dis-moi, Tim, que fait le grand de CM2 pour t'embêter ? J'ai une amie, institutrice à Moutiers et elle m'a dit qu'il y avait souvent des petites disputes entre les élèves. Il ne faut pas y attacher trop d'importance.

Je suis content que tu aies de vrais copains. Tu sais, les amis, c'est très important ; ils sont là dans les bons et les moins bons moments. Tu me dis que ta maman est souvent triste, peut-être a-t-elle des soucis, la vie n'est pas non plus toujours facile pour les adultes.

Je vais te laisser pour aujourd'hui et moi aussi j'attendrai ta lettre avec impatience.

À très vite de te lire,

Eric

Timothée sert la lettre contre son cœur. Il est tellement heureux, Eric s'intéresse à lui, à sa vie et il est d'accord pour le rencontrer et lui montrer ses chèvres. Il lui répond immédiatement.

Eric,

C'est vraiment super que l'on se tutoie ainsi c'est comme si l'on se connaissait vraiment.

Si ma maman est toujours triste, ce n'est pas parce qu'elle a des problèmes d'adulte, comme tu dis, mais parce que mon père est parti avant que je naisse et que l'on est tout seuls tous les deux. Et tu vois c'est à cause de ça que le CM2 m'embête. Il m'appelle « le bâtard, le fils de personne » et c'est la honte.

Dis-moi Eric, tu abandonnerais ta femme et ton fils, toi ? Je n'arrive pas à comprendre qu'on puisse faire une chose pareille.

Oh oui, j'aimerais beaucoup venir au printemps voir tes chèvres et leurs chevreaux, il faudra que j'en parle à maman.

Tim

Quand Eric a fini de lire la lettre du jeune garçon, il est bouleversé. Ce gamin n'a pas de père et ça ne doit pas être facile tous les jours. Il se dit que la vie n'est pas toujours bien faite, lui qui rêve d'avoir un enfant n'en aura jamais et Tim, lui, n'a pas de père.

En ce début octobre, les soirées commencent à être fraîches, Eric fait une petite flambée, il se prépare à manger, mais le cœur n'y est pas, il pense sans cesse à tout ce que Timothée lui a écrit. Comment peut-on abandonner son enfant ? Au fil des lettres, Eric s'est attaché à ce môme, et il a de la peine pour lui. Il s'installe à la table de la cuisine et tel un élève appliqué, sort son papier à lettres, son stylo bleu et commence à écrire.

Mon cher Tim,

Ta lettre m'a beaucoup touché. Non, je n'aurais jamais abandonné mon enfant, j'aurais tellement aimé en avoir, mon plus grand regret est de ne pas être père. Ne juge pas trop vite le tien et si un jour il revient, surtout, écoute ses explications et après seulement tu décideras si tu lui pardonnes ou pas. Tu sais, dans la vie, parfois, on ne fait pas toujours ce que l'on veut. Ne sois pas en colère contre lui, la colère est mauvaise conseillère. N'écoute pas le grand qui te traite de bâtard, tu es forcément le fils de quelqu'un. Sois plus intelligent que ce CM2 et ignore-le. Ce sera ta force et si tu ne lui réponds pas, il se lassera.

Oui, au printemps, on s'organisera afin que toi et ta maman, vous puissiez venir à la maison voir les animaux. Tu verras comme la montagne est belle par chez nous.

À bientôt,

Eric

Timothée tient la lettre d'Éric entre ses mains, des larmes ruissellent sur son visage ; il pleure ce père qui ne le connait pas, il pleure parce que, à travers les mots d'Éric, il comprend que ce dernier ne sait pas qu'il a un fils du côté de Chambéry. Mais lui, il sait qu'Éric est son papa, il le sent au plus profond de son être. Si Eric regrette de ne pas avoir d'enfant, sûr qu'il aurait été heureux de l'avoir, lui ! Mais pourquoi l'ignorait-il ? Sa mère le lui aurait-elle caché ? Que la vie est compliquée, pense-t-il. Timothée sèche ses larmes. Il est partagé entre l'envie de dire à sa mère qu'il a enfin retrouvé son père et la peur d'être puni et qu'elle lui interdise de lui écrire. Il juge donc plus prudent de garder le secret encore quelque temps.

Chapitre 6

Ce soir-là, comme tous les vendredis, Eric reçoit Raphaëlle pour le week-end. Il a préparé une salade du jardin servie avec des toasts aux fromages de chèvre que son amie apprécie particulièrement et une omelette aux champignons. Il aime ce moment où il attend le retour de son amie ; il dresse, avec plaisir, une jolie table, prépare le repas en fonction de ses goûts à elle. Quand tout est prêt, qu'il n'y a plus qu'à cuire l'omelette, il se vêt chaudement, s'installe sur le vieux rocking-chair, allume une cigarette et laisse ses pensées vagabonder : et si Jeannot avait raison ? Ne serait-il pas plus heureux si Raphaëlle habitait avec lui ? C'est vrai que ça serait agréable d'être accueilli quotidiennement par une gentille petite femme. Et puis, à quoi bon construire tout ça si ce n'est pas pour le partager avec quelqu'un ?

Cette solitude qu'il s'inflige, lui plait-elle vraiment ?

Eric songe que depuis qu'il correspond avec Tim, toute sa vie est remise en question ; cet enfant réveille en lui une envie de vie de famille qu'il a soigneusement enfouie au fond de lui.

Ce soir, c'est décidé, il parlera à Raphaëlle, il lui expliquera qu'il l'aime suffisamment pour partager sa vie, qu'il a besoin d'être avec elle chaque jour que Dieu fait. Oui, et ils vont être très heureux même si aucun enfant ne naît de cette union.

Raphaëlle arrive sur le coup des dix-huit heures, le sourire aux lèvres comme d'habitude. Elle se jette dans les bras d'Éric, heureuse de retrouver son amoureux. Eric apprécie cet élan d'amour à sa juste valeur ; il n'a jamais connu ces manifestations de tendresse avec son ex-femme. Il fait frais, mais Raphaëlle propose une petite balade ; elle a besoin de décompresser après une semaine passée en ville avec les enfants. Main dans la main, devancés par

Sam, ils avancent sur le sentier qui court le long du bois. Eric parle de la dernière lettre de Tim, il y a senti une telle détresse. Raphaëlle le met en garde de ne pas trop s'attacher à ce gamin, car finalement il ne le connaît pas.

- Pas besoin de rencontrer les gens pour les connaître, on en apprend parfois plus à travers les mots…

Et ce petit, avec tout ce qu'il m'a raconté, je le connais très bien.

- Oui, peut-être, répond-elle, un peu dubitative.

Le silence s'installe entre eux et la jeune femme se demande si elle n'a pas vexé son ami. En réalité, Eric est perdu dans ses pensées, il se demande s'il ne vit pas un peu trop isolément pour en être réduit à s'inquiéter d'un môme qu'il n'a jamais rencontré. Il lui arrive de rester des jours sans voir ni parler à personne.

- Je suis content que tu sois là, murmure-t-il à Raphaëlle.

D'abord surprise par cet aveu dont elle n'a pas l'habitude, elle répond en souriant :

- Je suis ravie aussi d'être là !

Eric pose furtivement un baiser sur les lèvres de la jeune femme et déclare :

- Allez, rentrons manger.

Le couple fait demi-tour tout en parlant de choses et d'autres.

Après avoir dîné, ils regardent un film puis vont se coucher. Ils s'aiment avec tendresse, puis, fatigués, mais heureux, ils restent enlacés. Eric pense que c'est le bon moment pour proposer à son amie de venir habiter avec lui. Il lui parle donc de ce qu'il a décidé aujourd'hui, attendant des cris de joie qui ne viennent pas. Devant le silence de Raphaëlle, il s'inquiète :

- Tu ne dis rien ?

- Que veux-tu que je te dise, Eric ? répond-elle tristement. Cela fait si longtemps que j'attends ces paroles, je t'en ai parlé plusieurs fois, mais tu ne savais répondre que c'était mieux ainsi, chacun chez soi et que, comme cela, on serait toujours heureux de se retrouver. Et maintenant, pour je ne sais quelle raison, tu changes d'opinion ; mais, Eric, je travaille à vingt-cinq kilomètres d'ici, l'hiver, les routes y sont quasi impraticables, il aurait fallu que je demande ma mutation à Saint-Martin de Belleville, mais quand je t'en ai parlé tu n'étais pas du tout enthousiaste et je me demande ce qui a bien pu te faire changer d'avis…

- J'ai envie d'avoir une vie de famille…

- Une vie de famille ? Mais tu sais que je ne peux pas avoir d'enfant, et cette famille dont tu parles, jamais je ne pourrai te la donner.

À mesure que Raphaëlle parle, son ton monte et elle a du mal à garder son calme. Eric ne l'a jamais vue s'emporter ainsi.

- Est-ce que tu t'es déjà demandé ce que, moi, je voulais ? continue-t-elle. Non, ça a toujours été comme toi tu as voulu ! Je t'aime, Eric, et c'est pour cela que je n'ai jamais rien dit, déjà bien contente que tu veuilles de moi alors que je ne peux te donner cet enfant dont tu avais tellement envie ! Et aujourd'hui, tu me proposes de vivre avec toi, mais pourquoi ?

- Je suis désolé, ma chérie, je ne me suis pas rendu compte comme j'ai été égoïste. Je te demande pardon. Je t'aime, que tu ne puisses pas avoir d'enfant ne change rien à mes sentiments.

- ...

- Est-il trop tard pour faire une demande de mutation ? As-tu encore envie de vivre avec moi ?

- Oui, j'en ai encore envie, mais ça ne sera pas avant fin juin, le temps que je termine mon année scolaire et seulement si ma demande est acceptée…

- Pardon, ma chérie, dit-il en la serrant plus fort dans ses bras. Je suis tellement désolé…

- Ce qui est fait, est fait, n'en parlons plus.

Le couple, enfin apaisé, fait des projets pour leur future vie commune.

Chapitre 7

Tranquillement assis à sa place, Timothée regarde par la fenêtre, ses pensées allant vers les montagnes de la Tarentaise quand la voix du maître, Monsieur Milano, retentit :

- Timothée, si mon cours ne vous intéresse pas, vous pouvez toujours rentrer chez vous !

Brusquement ramené à la réalité, Tim voit tous les regards braqués sur lui :

- Pardon, Monsieur, je pensais à mon papa …

Sachant que Tim n'a pas de père, l'instituteur, gêné, bredouille :

- Allez, ça ira pour cette fois. Donc j'étais en train d'expliquer que pendant les vacances de la Toussaint, je veux que vous me fassiez un exposé sur votre animal préféré.

Un grand sourire se dessine sur le visage du garçon ; il va le faire cet exposé sur les chèvres et il l'enverra à Eric et ça sera un peu comme si son père l'aidait pour ses devoirs ! Oh oui, comme il a hâte ! Il lui semble que tout le pousse vers Eric. Maman a raison quand elle dit que le destin dirige notre vie, pense-t-il. La sonnerie retentit, interrompant son esprit vagabond. Monsieur Milano parle d'une voix forte afin de couvrir le brouhaha des enfants qui se précipitent vers la sortie :

- Timothée ! Venez-là un instant, s'il vous plait.

- Oui, Monsieur ? demande timidement le jeune garçon.

- Tout à l'heure, vous me disiez penser à votre père, voulez-vous m'en parler ?

- Non, merci, mais dès qu'il y a du nouveau, je vous dirai…

- Pourquoi y aurait-il du nouveau ?

- On ne sait jamais ce que le destin nous réserve, vous savez…

- Bien. Vous pouvez y aller, à demain.

- A demain, M'sieur ! répond Tim en se dirigeant vers la sortie.

Sitôt arrivé chez lui, Timothée ne prend même pas le temps de goûter, il monte quatre à quatre les marches de l'escalier et s'attelle à son exposé ; il est tellement impatient de montrer à Eric ce dont il est capable, et comme il a bien pris en compte toutes les informations que ce dernier lui a données. Au bout d'une petite heure, le devoir est terminé. Le jeune garçon le recopie au propre, y joint une petite missive, met le tout dans une enveloppe et la range méticuleusement dans son cartable afin de la poster dès le lendemain.

Eric est en train de fendre du bois quand il voit arriver le facteur, au loin. Le petit m'a déjà répondu, pense-t-il satisfait. Il pose sa hache et se dirige vers Jeannot :

- Salut, tu as du courrier pour moi, que tu montes jusqu'ici ?

En effet, la route s'arrête un peu plus bas et malgré la boîte aux lettres qu'Éric a mise au début du chemin, le facteur vient généralement lui remettre le courrier en main propre.

- Oui, répond Jeannot, essoufflé, et il lui tend une grande enveloppe, c'est encore le môme pour les chèvres ? Il t'écrit de plus en plus souvent !

- Oui, c'est un bon petit... Merci, dit-il, tu viens boire un coup ?

Et les deux hommes rentrent au chaud, car le froid s'est installé subitement dans la vallée des Belleville. Eric lui apprend que

Raphaëlle viendra bientôt habiter avec lui.

- Tu vas l'épouser ? lui demande Jeannot.

- Tu vas vite en besogne, dis donc, je n'y ai encore pas pensé… Il va déjà falloir qu'elle demande sa mutation ; elle ne peut pas faire le trajet jusqu'à Moutiers chaque jour.

- Ben, l'instituteur de Saint-Martin prend sa retraite en juin, elle pourra sûrement avoir la place. Finalement, tu t'es enfin décidé à suivre mes conseils !

- Oui, Jeannot, tu avais raison, excuse-moi de t'avoir envoyé paître quand tu m'en parlais, je suis un imbécile !

- Mais non, tu es un gamin, tu ne sais pas ce qui est bien pour toi !

Eric éclate de rire :

- Le gamin va bientôt avoir cinquante ans !

- Ben, c'est bien ce que je dis, un gamin ! Tu verras quand tu auras mon âge !

- En tous les cas, merci Jeannot de m'avoir ouvert les yeux !

Les deux hommes bavardent encore un peu et le facteur prend congé. Eric saisit son enveloppe, l'ouvre précipitamment, impatient de savoir pourquoi elle est si grande. Il y découvre l'exposé sur les chèvres ; il le lit consciencieusement, le trouve très bien fait, très complet. Tim a bien pris tous les renseignements qu'Éric lui a donnés. Il est fier du garçon, c'est vraiment un bon gamin ! Une lettre y est jointe, Eric la lit.

Eric,

Voici mon exposé, j'y ai mis tout ce que tu m'as appris, j'espère que je n'ai rien oublié sinon n'hésite pas à me le dire.

Tu sais, Eric, j'ai vraiment hâte de te connaître pour de vrai. Vivement ce printemps que je découvre la montagne et les chèvres.

A très vite,

Tim

Eric range soigneusement l'enveloppe avec les précédentes puis lui répond.

Mon cher Tim,

Merci d'avoir partagé avec moi ton exposé. Il est très bien fait, je te félicite.

Dis-moi, quel temps fait-il à Chambéry ? Ici, le froid est arrivé et on sent l'hiver tout proche.

Bientôt je ne vais plus sortir les chèvres, elles se nourriront de foin que j'ai ramassé cet été.

Dis-moi, mon garçon, est-ce que le CM2 t'embête encore ? L'as-tu ignoré comme je te l'avais conseillé ?

Je te laisse, il est temps que j'aille préparer la soupe pour ce soir.

À bientôt,

Eric

Une semaine plus tard, Eric reçoit une lettre de Tim, lui annonçant qu'il a eu 16/20 à son exposé et que sa mère a été très contente. Il le remercie encore et Eric répond que sa note est méritée, qu'il a fait du bon travail.

Chapitre 8

Décembre est arrivé et avec lui, la neige a fait son apparition. Eric ne se lasse pas de regarder les grandes étendues blanches. Sa vie se déroule au ralenti quand l'hiver est là. Il en profite pour faire de grandes balades en raquettes et le week-end, c'est souvent lui qui descend à Moûtiers rejoindre Raphaëlle avec sa voiture tout-terrain, car la jeune femme n'est pas trop rassurée de rouler sur la neige. Il passe beaucoup de temps à lire, il a, chez lui, une grande bibliothèque que lui a laissée sa grand-mère. Elle lui a transmis la passion des livres et quand Eric va rejoindre Raphaëlle à Moûtiers, ils vont souvent dans les deux librairies de la ville faire le plein de romans.

Les jours passent tranquillement, la correspondance entre Timothée et Eric continue ; ils apprennent à se connaître… Tim a suivi les conseils du montagnard et le gamin de CM2 ne l'embête plus. Le jeune garçon pense que seul un père peut trouver des solutions aux problèmes d'enfants, mais un petit doute subsiste quand même dans l'esprit de Tim. Aussi, a-t-il une idée. Il lui écrit :

Eric,

J'espère que tu vas bien depuis ta dernière lettre, je suppose qu'il y a toujours de la neige chez toi. Ici, la neige a fondu depuis quelques jours ; il fait un superbe soleil. Tu connais Chambéry ? Moi, j'habite une toute petite maison à Cognin. C'est à côté de la ville, mais c'est un peu plus calme. J'en ai marre de l'hiver, vivement le printemps.

À bientôt,

Tim

Quelque temps plus tard, il reçoit du courrier d'Éric.

Mon cher Tim,

Oui, il y a encore de la neige par chez moi, mais avec le beau soleil que l'on a en ce moment, elle fond à vue d'œil.

Oui, je vais bien, merci. Et toi, mon grand ?

Bien sûr que je connais Chambéry, j'y suis né ! J'ai habité là-bas toute mon enfance, puis j'ai trouvé du travail dans une banque et je me suis marié avec une Chambérienne. Quand mes grands-parents sont décédés, ils m'ont légué leur maison où j'avais passé toutes mes vacances quand j'étais enfant. Avec ma femme, on ne s'entendait plus depuis longtemps alors plus rien ne me retenait à Chambéry, on a divorcé et je suis parti en Tarentaise. Voilà Tim, comme tu vois, moi aussi j'ai grandi en ville et je connais aussi très bien Cognin. J'y ai rencontré une femme peu de temps après mon divorce, mais elle ne devait pas m'aimer assez pour me suivre dans les montagnes et moi je savais que ma vie était là-haut, alors malgré mon amour pour elle, je l'ai quittée. J'avais besoin de calme, de nature et d'être dehors ; je n'ai rien d'un citadin. Voilà, tu sais tout de ma vie chambérienne !

Tu sais, chaque saison nous apporte quelque chose, mais moi aussi j'ai hâte d'être au printemps, pour me mettre au potager, sortir de nouveau mes chèvres, voir la nature se réveiller de son long sommeil.

A très vite,

Eric

Tim n'en revient pas, tout concorde ; s'il lui faut encore une preuve de ce qu'il croit, cette lettre en est une ! Tout s'explique. Eric a rencontré sa mère et il est parti avant qu'elle ne sache qu'elle était enceinte et elle n'avait sans doute pas su le retrouver. Oui, mais lui, il y est arrivé ! Ils allaient être heureux quand ils se réuniraient tous les trois.

Chapitre 9

Le printemps jaillit de partout, avec ses belles couleurs, ses chants d'oiseaux, ses journées qui grandissent. Chaque week-end, Raphaëlle ramène quelques affaires de chez elle. Eric est heureux de ce changement et il lui laisse toute liberté pour décorer sa maison à son goût. Il veut qu'elle se sente vraiment chez elle. Sa mutation est en bonne voie, car, comme l'a prédit le facteur, l'instituteur prend sa retraite à la fin de l'année scolaire. Souvent le couple parle de Timothée, de la visite qu'il leur fera avec sa maman. Raphaëlle est un peu inquiète face à l'attachement d'Éric à cet enfant ; certes il est devenu plus ouvert, plus démonstratif, mais elle a peur qu'une fois la visite du jeune garçon faite, ce dernier en oublie Eric. Son ami ne s'en remettrait pas, elle en est sûre, inconsciemment ce gamin remplace un peu l'enfant qu'il n'a pas eu.

Timothée a tout prévu. Il a pris quelques euros à chaque fois qu'il est allé faire des courses pour sa mère et a amassé suffisamment d'argent pour prendre le train jusqu'à Moûtiers. Ensuite il fera du stop jusque chez Eric et quand ce dernier le verra arriver, il préviendra sa mère ; elle viendra le chercher, ils se reconnaitront et enfin, ils seront heureux tous les trois ! Bien sûr, Timothée a mis ses deux meilleurs amis dans la confidence, mais leur a fait promettre de ne rien révéler à personne. Il a choisi d'y aller un vendredi ainsi ils auront tout le week-end pour se retrouver. Le jeune garçon envoie une lettre à Eric pour le prévenir du jour de son arrivée ; ce dernier lui répond qu'il sera chez lui et qu'il les attendra.

Quand le grand jour arrive, Timothée prépare quelques affaires dans son sac à dos et au lieu de partir à l'école, prend le chemin de la gare. Sa mère est déjà partie au travail et il n'a même pas à cacher son sac. Il a pris son billet quelques jours auparavant à une borne de la gare et tout se passe bien dans le train. Il s'assoit près d'une vieille dame, ainsi les contrôleurs ne se demanderont pas ce que fait cet enfant tout seul. D'un naturel sociable, il engage la conversation avec elle et le voyage se déroule sans encombre. Arrivé en gare de Moûtiers, il propose même à la mamie de porter son gros sac. Ravie, la grand-mère accepte et ils sortent ensemble de la gare sans que personne ne prête attention à Timothée. Arrivée sur le bord de la route, elle lui demande où il va, si quelqu'un vient le chercher. Tim ment effrontément :

- Je vais voir mon père, Eric Bernard, mais il m'a dit de faire du stop jusqu'à chez lui, car sa voiture est en panne.

À cet instant, une voiture se gare près d'eux et une dame en sort :

- Bonjour, maman. Tu as fait bon voyage ?

- Oui, répond la vieille femme, ce jeune garçon m'a tenu compagnie et m'a porté mon sac jusqu'ici. Peut-on l'emmener jusqu'à Saint-Martin, son père ne peut pas venir le chercher.

- Oui, bien sûr. Monte, petit.

- Merci, madame, c'est très gentil à vous. La dame sourit et démarre.

- Qui est ton père, petit ?

- Eric Bernard, madame.

- Mais… Il n'a pas d'enfant… répond-elle étonnée.

- Si, moi ! Mais avant, il ne le savait pas. On vient tout juste de se retrouver…

- Et comment vous êtes-vous retrouvés ?

- Sur internet. Quand il est parti de Chambéry, ma mère ne savait pas qu'elle était enceinte et du coup, elle n'a pas pu lui dire, vous comprenez ?

- Oui… Je vais t'emmener jusqu'en bas de chez lui sinon tu n'es pas encore arrivé ! Ce n'est pas tout près de Saint Martin, tu sais.

- Merci, madame, vous êtes bien aimable.

- Et toi, bien poli, répond-elle en souriant. Décidément cet enfant est bien élevé, pense-t-elle.

Aurore rentre chez elle de bonne heure ce jour-là. Elle est fatiguée, mais n'est-elle pas toujours fatiguée, la semaine comme le week-end ? Elle ne se rappelle même plus la dernière fois où elle a fait quelque chose avec entrain. Un papier sur la table attire son attention, c'est un mot de son fils.

Maman,

Ne sois pas fâchée que je ne sois pas allé à l'école aujourd'hui, mais tu verras, tu vas avoir une très belle surprise et après tu ne seras plus jamais triste !

Surtout, garde bien ton téléphone près de toi.

Bisous

Tim qui t'aime

Jamais Aurore n'oubliera cette sensation d'impuissance qui l'envahit soudain. Où est son fils ? Comment le joindre ? Surtout ne pas paniquer, réfléchir calmement. De quoi lui a-t-il parlé ces derniers temps ? De rien. Pourquoi lui aurait-il parlé ? L'écoute-t-elle ? Non. Elle est murée dans sa peine et même son fils n'y a pas de place.

Angoissée, elle appelle l'école qui lui confirme que Tim a bien été absent ce jour. Aurore sort complètement paniquée et se dirige précipitamment au commissariat.

Chapitre 10

- Te voilà arrivé, jeune homme. Tu continues le chemin, tu ne peux pas te tromper, il n'y a qu'une maison au bout.

- Merci encore, au revoir, madame.

Timothée regarde autour de lui. C'est magnifique ; exactement comme Eric le lui a décrit. Le garçon marche quelques minutes et voit enfin la maison. Son cœur bat la chamade. Il voit un homme qui fend du bois. Sûrement son père. Il court en criant « Éric ! Éric !»

Le montagnard lève les yeux, un grand sourire illumine son visage, il n'a que le temps d'ouvrir les bras, le jeune garçon se jette contre lui et le serre très fort.

- Papa, Papa, je t'ai enfin retrouvé !

Eric en a le souffle coupé, mais que raconte Timothée ?

- Tim, je ne suis pas ton père, lui dit-il, en détachant les bras qui le ceinturent.

- Mais si ! J'ai toutes les preuves !

- Viens t'asseoir, mon garçon et raconte-moi. De quelles preuves parles-tu ?

Avec un grand sourire, sûr de son effet, l'enfant raconte à Eric comment il l'a cherché parce qu'il en avait marre d'être traité de bâtard. Comment, avec le peu de renseignements que sa mère lui a donné, il a mené une enquête et enfin, la femme de Cognin qu'Éric avait aimée. Elle avait été enceinte de lui, mais sûrement ne le savait pas quand il était parti dans ses montagnes, et c'est comme ça qu'il a grandi sans père, et que sa mère est si triste. Mais c'est fini, maintenant ils vont être heureux tous les trois !

Abasourdi, Eric en bégaye :

- Mais… mais…

- Tu es content ? demande Tim.

- Écoute, Timothée, j'aurais bien aimé être ton père, mais ce n'est pas moi…

- Je ne te plais pas comme fils ? le coupe l'enfant, regarde, je suis brun, j'ai le teint mat, tout comme toi !

- Tim, calme-toi, l'interrompt Eric. Je ne peux pas être ton père, car j'ai quitté Chambéry il y a quinze ans et je n'y ai jamais remis les pieds depuis.

- Mais ce n'est pas possible, non, ce n'est pas possible… sanglote le jeune garçon.

Eric le prend contre lui, et murmure :

- Je suis désolé, mon petit, vraiment désolé… Mais si j'avais eu un fils, j'aurais aimé qu'il soit comme toi.

Mais rien n'arrête les larmes de Timothée. Il y a tellement cru, il en était tellement sûr et c'est comme s'il était condamné à n'avoir jamais de père. Alors, ainsi, il restera toujours un bâtard ?

Eric le berce contre lui, tout en murmurant « laisse-toi pleurer, petit, laisse-toi pleurer… »

Quand Timothée est un peu calmé, le montagnard lui demande :

- Ta mère, elle est où ? Elle sait que tu es là, au moins ?

L'enfant secoue la tête de droite à gauche.

- Mon Dieu, mais comment es-tu venu jusqu'ici ?

Et le jeune garçon raconte tout ; comment il a eu l'argent pour le train, la vieille dame, sa fille, tout. Eric n'en revient pas qu'il ait tout organisé dans les moindres détails.

- Mais elle doit se faire un sang d'encre ta mère ! Il faut la prévenir !

- Elle va me gronder vu que tu n'es même pas mon père... répond-il d'une voix triste.

- Tim, elle ne te grondera pas, fais-moi confiance. Donne-moi son numéro de téléphone, s'il te plait.

Le jeune garçon lui tend un papier où le numéro est inscrit et lui dit :

- Je l'avais préparé pour que tu l'appelles pour lui dire que tu étais heureux parce que ton fils t'avait retrouvé... et Tim se remet à pleurer.

- Ne pleure pas, mon garçon, même si je ne suis pas ton père, je suis vraiment content de t'avoir rencontré... Allez, il faut que j'appelle ta mère...

Aurore est en train de parler avec un gendarme quand son téléphone sonne :

- Allo ?

- Bonjour, vous êtes bien la maman de Timothée ?

- Oui ! Mon Dieu, comment va-t-il ? Où est-il ?

- Calmez-vous, madame, votre fils va bien, il est chez moi.

- mais qui êtes-vous ? Que fait-il chez vous ? le coupe-t-elle.

- Je vais vous expliquer si vous me laissez parler…

- Oui, oui, allez-y, je vous écoute.

- Voilà, Tim m'a appelé en septembre parce qu'il cherchait quelqu'un qui veuille l'aider pour faire un exposé sur les chèvres. Il m'a demandé si je pouvais répondre à ses questions par lettre, car il n'avait rien préparé sur le moment. Je lui ai proposé qu'il me rappelle, mais il m'a dit que vous ne voudriez pas à cause du prix des communications, aussi j'ai accepté, si vous étiez d'accord. Il m'a dit que oui. S'en est suivie une correspondance agréable où Tim me confiait un peu sa vie sans omettre évidemment de me poser des questions sur les chèvres. C'est ainsi que j'ai appris qu'il n'avait pas de papa, mais je vous jure, madame, que pas un instant,   je ne me suis douté que Tim en avait conclu que c'était moi, son père. Il m'a demandé si je connaissais Chambéry et je lui ai répondu par l'affirmative.

- Oh, mon Dieu ! Qu'est-il encore allé imaginer…

- Tim avait envie de voir les chèvres et leurs petits, aussi lui ai-je proposé de venir passer une journée avec vous, chez moi. Et il est arrivé il y a une petite demi-heure, persuadé que j'étais son père.

- Mais… Vous n'êtes pas son père !

- Je le lui ai dit, ne vous inquiétez pas ; j'ai quitté Chambéry il y a quinze ans, ce n'est donc pas possible. Tim est effondré, madame…

- Je comprends, je suis désolée, c'est de ma faute, j'aurais dû lui dire la vérité depuis longtemps. Mais où habitez-vous ?

- Dans la vallée des Belleville…

- Comment est-il allé jusque chez vous ?

- Par le train, puis une dame l'a amené jusque chez moi…

- Je vais venir le chercher, combien de temps faut-il pour faire le trajet ?

- Environ une heure quarante-cinq…

Eric lui donne son adresse et quelques indications pour trouver sa maison, Aurore le remercie et raccroche.

Chapitre 11

Éric pose son téléphone, renseigne Timothée sur le fait que sa mère n'est pas fâchée, mais qu'elle s'est inquiétée et qu'elle les rejoindra, le temps de faire la route. Il lui demande s'il a soif.

- Oui, je veux bien, s'il vous plait.
- Tu ne me dis plus « tu » ?
- Ben, vous n'êtes pas mon père…

- Écoute-moi, Tim. Je ne suis pas ton père, mais on est amis, non ? Je suis heureux de te rencontrer enfin… Je me suis attaché à toi à travers notre correspondance… Je t'aime déjà beaucoup, avoue-t-il à voix basse.

- Oui, tu as raison, moi aussi je t'aime beaucoup et c'est pour ça que j'aurais tellement voulu que tu sois mon papa. Comment je vais le retrouver maintenant ?

- Ta maman m'a dit qu'elle te parlerait de ton père, tu sauras très bientôt qui c'est. Allez bois donc ton verre et viens, on va aller voir les chèvres, tu veux ?

- Oh oui, bien sûr !

Ils sortent et Éric explique au jeune garçon que pour rejoindre les chèvres, il faut « crapahuter » un peu, car elles sont dans la montagne.

- Tu vois, elles sont là, un peu en dessous de la croix… Tu te sens d'y aller ?

- Oui, j'attends de voir tes chèvres depuis trop longtemps ! Mais qui a mis une croix là-haut ?

-Allons-y et je vais te raconter…

Armés chacun d'un bâton, les deux amis attaquent la balade.

- Tu vois, Tim, cette croix, c'est mon arrière-grand-père Hippolyte qui l'a montée sur la montagne avec un ami, la nuit qui a précédé son mariage en 1908, pour faire une surprise à sa future femme.

- Mais ça devait être lourd !

- Oui, les hommes avaient beaucoup de courage à cette époque ! Ils l'ont fixée avec des pierres, de la chaux et le lendemain, les villageois ont été tout surpris de voir cette croix qui surplombait la vallée.

- Elle ne s'est pas abimée ?

- Tu sais, c'est la seule croix de la vallée qui n'a jamais pris la foudre ! Sans doute que Dieu la protégeait. Mais un jour, sans consulter personne, en 1990, des villageois ont décidé de la remplacer, ils l'ont démontée, l'ont jetée dans un trou et en ont mis une autre à la place. Alors je l'ai récupérée et avec un copain, nous l'avons fixée un peu plus loin, ainsi chaque jour, je la vois.

- C'est une belle histoire… Alors toi aussi, tu es fort …

- Tu sais, Tim, quand on veut vraiment quelque chose, on y arrive plus facilement. On a monté du ciment, du sable et de l'eau et bien sûr, la croix que j'avais un peu restaurée. Vois-tu, elle a beaucoup de valeur pour moi ; outre le fait que c'est la plus vieille croix de la vallée des Belleville, c'est un souvenir de ma famille.

- Tu as de la chance, moi je n'ai pas de famille à part ma maman, répond le jeune garçon d'une voix triste.

- Ne sois pas triste, tu n'es pas tout seul, tu as des amis…

- Oui, mais moi, ce que je voudrais, c'est un papa, des frères, des sœurs, des grands-parents…

- Je comprends, la vie ne va pas toujours dans le sens qu'on veut ; moi, j'aurais aimé avoir des enfants, je n'en aurai jamais, c'est comme ça. Rien ne sert d'avoir des regrets, il faut prendre ce que la vie nous offre, Tim.

- Oui, mais ce n'est pas facile…

- Et non, rien n'est facile… Regarde, on arrive…

Timothée court en direction des chèvres, qui, effrayées, partent dans tous les sens. Eric éclate de rire :

- Tu leur as fait peur !

Tim est tout déconcerté.

- Viens, on va s'avancer tout doucement et tu vas pouvoir les caresser…

Joignant le geste à la parole, Eric lui prend la main et l'emmène près de « Bichette », une chèvre qui adore les câlins. Le jeune garçon se met à genoux, la prend par le cou et pose sa tête contre elle.

- Comme elle est gentille !

- Oui, c'est la plus douce du troupeau… Allez, viens maintenant, il est grand temps de descendre manger.

- On reviendra, dis ?

- Oui, bien sûr, avec plaisir.

Ils regagnent la maison d'Éric, tout en bavardant. Après s'être lavé les mains, Timothée s'installe tout naturellement à table où il dévore le délicieux repas préparé par son nouvel ami et débarrasse. Puis il a envie de tout voir ; le poulailler, la bergerie, les tracteurs…

- Va, toi, répond Eric. Moi je vais me reposer un peu dehors sur mon rocking-chair, je suis debout depuis cinq heures trente. Tu ne risques rien, ici il n'y a personne, mais si tu vas voir les poules, ne leur cours pas après !

- Ok, merci, à tout à l'heure, bonne sieste ! Viens Sam ! répond-il en sortant précipitamment avec le chien.

Eric le regarde partir, attendrit. Il songe qu'un enfant dans une maison, c'est merveilleux, c'est la vie. Il soupire, allume une cigarette et s'installe sur son rocking-chair. Il veut être seul pour recevoir la mère de Tim. Il faut qu'il ait une conversation avec elle. Il surveille le chemin qui mène chez lui, mais la fatigue a raison d'Éric, et il sombre dans un profond sommeil.

Chapitre 12

Aurore voit enfin le panneau qui indique « mon paradis » dont le facteur lui a parlé. Elle gare sa voiture, en descend, s'étire et respire ce bon air que seule l'altitude apporte. Il fait un temps magnifique et tout de suite elle sent sur sa peau la chaleur du soleil. Elle prend le sentier comme le lui a indiqué le vieux facteur et au bout de cinq minutes de marche, au détour d'un virage, elle aperçoit une bâtisse qui n'est ni tout à fait une maison, ni tout à fait un chalet. Aurore marche d'un bon pas, pressée de voir son fils. Plus elle approche, plus il lui semble apercevoir un homme assis devant la maison. Arrivée à cinq, six mètres de lui, elle se rend compte qu'il dort. Elle avance sans bruit et le détaille. Pas de doute possible, pense-t-elle, cet homme, c'est bien Eric. Cette voix au téléphone, il lui a bien semblé la reconnaître, mais cela lui avait paru complètement fou... Elle était alors tellement inquiète pour Timothée que cette réminiscence était vite passée en arrière-plan. Elle pose sa main sur la sienne et murmure :

- Eric... Eric...

Eric ouvre les yeux et reconnaît tout de suite cette femme penchée sur lui.

- Aurore ? Que fais-tu là ?

- Je suis venue chercher mon fils…

Tout à fait réveillé, Eric bredouille :

- Mais… Tu es la mère de Timothée ?

- Ben oui… Comment se fait-il qu'il soit chez toi, d'ailleurs ? Et d'abord, où est-il ?

- Ne t'inquiète pas, il va bien, il doit être au poulailler avec Sam…

- Sam ?

- C'est mon chien…

Eric se lève, s'approche d'Aurore. Elle le trouve plus grand et plus costaud que dans son souvenir.

- Ainsi, c'est là que tu es venu te perdre…

- Eh oui…

Soudain, Eric, ému, l'enlace.

- Je suis tellement content de te revoir…

Aurore se laisse aller dans ses bras.

- Moi aussi, Eric.

Et ils restent ainsi, s'abandonnant dans les bras l'un de l'autre. Aurore ferme les yeux, elle a envie de pleurer tant elle est heureuse ; ça fait combien de temps qu'un homme ne l'a pas prise dans ses bras ? Elle a fini par oublier comme on y est bien…

Timothée, des questions plein la tête, décide d'aller réveiller Eric afin qu'il y réponde. Il veut tout savoir sur les poules, les tracteurs… Il s'arrête net devant le spectacle qui s'offre à lui : sa mère dans les bras d'Éric ! Ainsi, pense-t-il, c'est bien lui, mon père ! Le jeune garçon se cache et les espionne. Il entend sa mère dire :

- Pourquoi m'avoir quittée ?

- Pourquoi ne pas m'avoir suivi ?

Le couple se sourit et, la prenant par la main, Eric lui dit simplement : « Viens ! » Et ils rentrent dans la maison. Rassuré et heureux, Tim retourne voir les animaux.

La fraicheur du chalet surprend Aurore, et elle se blottit à nouveau contre Eric. Il la repousse tout doucement et lui dit :

- Assieds-toi, je crois qu'on a beaucoup de choses à se dire… Tu veux boire un café ou autre chose ?

- Je veux bien un café, s'il te plait…

Elle le regarde s'affairer autour de sa une vieille cafetière italienne. Il lui tourne le dos et elle ne peut détacher son regard de sa large stature ; elle se lève, vient derrière lui, l'enlace et pose sa tête contre son dos. Troublé malgré lui, Éric s'immobilise, inspire profondément, il faut absolument qu'il lui parle, qu'il lui dise qu'il n'est pas seul... Il se retourne :

- Aurore...

Mais déjà elle pose ses lèvres sur les siennes et Eric, oubliant ses bonnes résolutions, répond à son baiser. Leurs lèvres se reconnaissent immédiatement. Puis dans un éclair de lucidité, Éric interrompt ce moment de passion :

- Aurore... Non, il ne faut pas... Pardonne-moi...

- Qu'y a-t-il, Éric ?

- Je suis désolé, je n'aurais pas dû répondre à ton baiser, j'ai une amie...

Aurore baisse les yeux afin de cacher ses larmes, Éric continue :

- J'ai été très troublé quand je t'ai vue, tu es encore plus belle qu'il y a quinze ans... mais, même si on ne vit pas ensemble, je fréquente quelqu'un depuis deux ans.

- C'est moi qui suis désolée, je ne sais pas ce qui m'a pris de t'embrasser, ça fait si longtemps que je suis seule...

- Raconte-moi ta vie depuis que l'on s'est quittés... Dis-moi pourquoi ton fils me dit qu'il n'a pas de père... lui répond-il en lui servant le café.

Ils s'assoient face à face et Aurore raconte sa triste vie ; c'est la première fois qu'elle en parle à quelqu'un, c'est une libération et en même temps, elle souffre de nouveau à remuer ce passé doulou-reux. Éric l'encourage en tenant ses mains tremblantes qu'elle a posées sur la table, comme pour se donner la force de tout dévoiler. Quand elle a fini, il se lève, s'approche d'elle, lui murmure « viens là » et elle se laisse aller dans ses bras. Il la réconforte et déjà elle se sent mieux.

- Maman ! Maman ! Tim arrive en courant dans la maison, inter-rompant ce moment de tendresse. Immédiatement, Éric lâche Aurore. L'enfant se précipite dans les bras de sa mère et lui annonce, enthousiaste :

- Tu as vu, j'ai retrouvé papa !

- Enfin, Tim, je t'ai déjà expliqué que je n'étais pas ton père ! l'interrompt Éric.

- Menteur ! Je vous ai vus avec maman vous faire un câlin !

- Timothée, le coupe sa mère, on s'est connus il y a très longtemps avec Éric et on ne s'attendait pas à se voir, on a été émus de ces retrouvailles, mais il n'y a plus rien entre nous depuis quinze ans. Tu vois, c'était bien avant ta naissance...

Au fur et à mesure que sa mère lui parle, de grosses larmes coulent sur le visage de Timothée. Ce n'est pas juste, non, vraiment pas juste, lui, il y avait cru à ces retrouvailles de famille.

- Aurore, je ne voudrais pas me mêler de ce qui ne me regarde pas, mais peut-être est-il temps de parler à Tim de son père… Je vais vous laisser tous les deux vous expliquer…

- Oui, tu as raison… mais tu peux rester…

- Non, ce moment vous appartient à tous les deux… Je vous attends dehors…

Et Éric sort sans attendre de réponse. Il s'installe dans son vieux rocking-chair et se laisse aller à se remémorer tout ce que lui a dit Aurore.

Chapitre 13

Éric a raison, il est temps qu'Aurore parle à son fils.

- Assieds-toi, Tim, je vais te raconter mon histoire avec ton père.

Timothée prend place face à sa mère.

- Si je ne t'en ai pas parlé avant c'est qu'il m'est très difficile de parler de ce drame, mais Eric a raison, il est grand temps que tu saches...

Et Aurore raconte :

Elle avait tout d'abord rencontré Eric qui sortait d'un divorce difficile. Ils s'étaient aimés, mais le jeune homme qu'il était à l'époque ne rêvait que d'une chose, partir habiter en montagne dans la maison que ses grands-parents lui avaient léguée. Il lui avait demandé de venir avec lui, mais elle était encore bien jeune et ne se voyait pas se perdre dans les montagnes. Éric n'avait pas changé d'avis, il était parti et la vie avait continué, tristement. Puis elle avait rencontré Pierre-Éric, que tout le monde appelait simplement Éric. C'était un homme réservé, solitaire, qui avait perdu son meilleur ami quelques mois plus tôt des suites d'une maladie. Il ne s'en était jamais vraiment remis et de leurs deux solitudes, ils n'en avaient fait qu'une. Aurore s'était accrochée à lui pour oublier Éric. Pierre-Éric n'avait qu'une passion, la montagne. Il disait qu'il n'y avait que là-haut qu'il oubliait l'injustice de la mort de son ami. Au début, elle l'accompagnait, mais elle voyait bien qu'il rêvait d'y aller seul et d'aller encore toujours plus haut. Elle avait eu envie d'un enfant, il avait dit « pourquoi pas ? » et elle s'était retrouvée rapidement enceinte. Tous deux passaient peu de temps ensemble, mais ils étaient heureux à leur manière. Pierre-Éric rêvait d'un garçon qui s'appellerait Timothée, comme son meilleur ami. Puis, un weekend, le jeune homme était parti dans la vallée des Belleville ramasser du génépi dans les barres rocheuses à « Tête

Ronde » au-dessus de Val Thorens et il avait décroché.

- Voilà, il s'est tué là-bas, ajoute-t-elle. Ton père est enterré au cimetière de Saint-Martin de Belleville ; si tu en as envie, on passera voir sa tombe. Je n'y suis jamais retournée depuis le jour de sa sépulture.

- Maman, pourquoi ne m'avoir jamais dit clairement qu'il était mort ? Pourquoi m'avoir dit qu'il était parti, comme il était venu, sans bruit ?

- Parce que j'ai vécu son accident comme un abandon… J'étais enceinte de cinq mois et je me suis retrouvée seule au monde avec un bébé qui allait arriver. Alors je sais, ce n'est pas juste, mais je lui en ai voulu.

- Ma pauvre petite maman, lui dit Timothée, le visage ravagé par les larmes. Il se jette dans ses bras et ajoute :

- Je n'aurai donc jamais de papa…

- Je suis désolée, mon petit… Viens, allons voir Éric.

Et ils sortent le rejoindre. Il fume une cigarette, se balançant tout doucement sur son rocking-chair. Tim se précipite en pleurant dans ses bras. Éric le berce, comme un père l'aurait fait, mais il n'est pas son père… Aurore, malheureuse, mais soulagée d'avoir enfin dit la vérité à son fils, s'éloigne, marche un peu et ils restent seuls tous les deux.

- Alors, mon garçon, tu as eu les réponses à tes questions ?

- Oui, répond Tim, mon papa est mort. Je ne le connaîtrai jamais ; je resterai toujours un bâtard…

- Ne dis pas ça ! le coupe fermement Éric. Tu as un père, et même s'il est mort, tu as un père ! Je ne veux plus jamais t'entendre dire ça, on est d'accord ?

Timothée hoche la tête en signe d'acquiescement. Et d'une voix plus douce, Éric ajoute :

- Tu sais, Tim, je serai toujours là pour toi. Bien sûr, je ne remplacerai jamais ton père, mais tu es un brave garçon et je t'aime déjà beaucoup… Si tu as besoin, surtout, n'hésite jamais à m'appeler !

Timothée sourit entre ses larmes :

- Maman est triste…

- Oui, ça n'a pas été facile pour elle. Viens, allons la rejoindre… Elle est allée en direction des chèvres…

Chapitre 14

Raphaëlle arrive peu avant dix-huit heures chez Éric. Elle trouve la maison vide, fait un tour du côté de la bergerie et du poulailler, mais il n'y a personne. D'ordinaire, son ami est toujours là pour l'accueillir ; un mauvais pressentiment l'envahit. Raphaëlle a vu une voiture en bas de chez Éric, elle se doute que c'est Timothée et sa maman. Mais où sont-ils donc tous passés ?

Des tintements de clochettes retentissent au loin, la jeune femme tourne la tête en direction de la montagne et le spectacle qui s'offre à elle lui glace le cœur. Le troupeau de chèvres descend le chemin, suivi de l'enfant tenant par la main, d'un côté sa mère et de l'autre, Éric.

Plus ils approchent, plus elle remarque leur gaieté ; ils donnent l'image d'une famille parfaite, heureuse.

C'est plus que Raphaëlle ne peut en supporter ; elle attrape son sac et s'en retourne d'un pas rapide. Arrivée à sa voiture, elle prend son téléphone et appelle Éric, elle tombe sur sa messagerie. Soulagée, elle essaie de prendre une voix assurée :

- Bonsoir Éric, je voulais te dire que je vais rester à Moûtiers ce soir ; j'ai vraiment trop de copies à corriger.

J'essaie de venir demain, je te rappelle pour te confirmer, bisous.

Tristement, Raphaëlle démarre la voiture et prend la route du retour.

Tim est heureux ; malgré l'annonce que lui avait faite sa mère, il a trouvé un véritable ami et quoi que puissent en dire Eric et sa maman, il n'a jamais vu cette dernière si heureuse. Elle rit de tout, plaisante ; il lui semble avoir enfin une vraie famille.

Arrivé dans la maison, Éric s'aperçoit que son téléphone clignote. Il voit qu'il a un message ; il l'écoute et est surpris de ne pas être déçu que Raphaëlle ne vienne pas ce soir, il en reste songeur. Il est interrompu dans ses pensées par Aurore :

- Éric, on ne va pas tarder à y aller, on a encore beaucoup de route à faire ce soir et je n'aime pas trop rouler la nuit…

- Pourquoi ne dormiriez-vous pas là, j'ai une chambre d'ami… propose Eric.

- Oh, oui ! Dis oui, s'il te plait, maman !

- Mais…

- Allez, on n'est pas bien tous les trois ? Et ainsi, je pourrai montrer à Tim comment traire une chèvre…

- Je ne voudrais pas abuser de ta gentillesse… Et on n'a pas de change, ni pour demain ni pour dormir…

- C'est bien une réflexion de citadine, ça ! Je te prêterai de quoi te changer, si tu veux…

Aurore éclate de rire :

- Comme ça, je ressemblerai à un épouvantail, tu pourras toujours me mettre dans ton potager… Non, sérieusement, je ne veux pas abuser…

- Mais puisque c'est moi qui te le propose… Tu sais, ça me ferait vraiment plaisir…

- Allez, maman…

- On dirait deux gosses ! répond-elle en souriant, alors d'accord, moi aussi, je suis bien ici.

Timothée lui saute au cou tandis que le visage d'Éric se fend d'un grand sourire.

- Je vous abandonne deux minutes, j'ai un coup de téléphone à passer. Faites comme chez vous, servez-vous dans le frigo si vous voulez une boisson fraîche… À tout de suite, dit-il en sortant.

Éric allume une cigarette et appelle Raphaëlle ; il tombe, à son tour, sur le répondeur :

« Coucou, c'est Éric, j'ai bien eu ton message. Ne t'inquiète pas, je comprends que si tu as du travail tu le fasses chez toi, mais tu aurais pu aussi le faire ici. Enfin, ce n'est pas grave, on se verra demain. Comme je te l'avais peut-être dit, aujourd'hui, j'ai eu la visite de Tim ; il faudra que je te raconte, il est venu en train puis il s'est fait déposer chez moi par une dame. Il a fait tout ça en cachette, sa mère n'était pas au courant, quel filou, ce petit ! J'ai dû appeler la maman qui est venue pour le récupérer. Figure-toi que je la connaissais, on s'était fréquentés quelque temps après mon divorce. Enfin, je t'en dirai plus demain. Au fait, je leur ai proposé de dormir dans la chambre d'ami cette nuit, Tim n'avait pas trop envie de partir ! Allez, bisous. »

Il pense que lui aussi voulait que son ami et sa mère restent ce soir...

Chapitre 15

Éric a préparé un bon repas qui se déroule dans la bonne humeur. Sur le coup de vingt et une heures, Timothée commence à tomber de fatigue, il demande à aller dormir, sa mère va le coucher pendant qu'Éric lave la vaisselle.

- Maman, tu es heureuse ? lui demande son fils, une fois dans le lit.

- Oui, j'ai passé une belle journée, mais ne recommence jamais à partir de la maison ; j'ai eu une peur bleue !

- Promis, maman, mais tu as vu comme il est gentil, Éric ?

- Oui, il est très gentil…

- Ça pourrait être ton amoureux, non ?

- Ne va pas te faire des idées, il a déjà une amoureuse…

- Mais si elle n'est pas là, c'est qu'ils ne s'aiment pas vraiment, répond l'enfant d'une voix presque suppliante.

- Mon Tim, les gens ne conçoivent pas tous la vie de couple de la même façon ; ils sont peut-être heureux comme ça…

- En tout cas, moi j'ai bien vu comme vous riez ensemble. Et toi, je ne t'ai jamais entendu rire ainsi…

- Ne dis pas de bêtises, Tim, et dors vite, dit-elle un peu gêné.

- Il peut venir me faire un bisou, Éric ?

- Je vais aller lui demander. Bonne nuit, mon chéri, lui dit-elle, en l'embrassant.

- Bonne nuit, maman.

Aurore descend à la cuisine pour rejoindre Éric et lui fait part de la demande de Tim.

- Bien sûr, répond-il, et il monte les escaliers quatre à quatre. Aurore admire sa souplesse ; elle le trouve encore plus attirant qu'avant ; il dégage une assurance et une sérénité qu'il n'avait pas jadis. Elle songe qu'il a trouvé la vie qui lui convient.

Arrivé devant la porte de la chambre, Éric frappe deux petits coups avant d'entrer. Un sourire illumine le visage de Timothée.

- Ta maman m'a dit que tu voulais que je vienne te souhaiter bonne nuit…

- Oui, tu sais j'ai passé la plus belle journée de ma vie aujourd'hui !

- J'en suis heureux, Tim, pour moi aussi c'était une belle journée…

- Tu as une amoureuse, Éric ? demande le garçon d'un air espiègle.

- Oui, mais on n'habite pas ensemble…

- Parce que vous ne vous aimez pas assez ?

- Parce qu'on est bien ainsi, un peu chacun chez soi… Mais te voilà bien indiscret, jeune homme…

- Ben moi, si j'étais amoureux, j'aurais envie d'être avec ma chérie tous les jours !

- Et tu aurais raison. Allez, dors bien, Tim. Éric lui pose une bise sur chaque joue, Timothée l'enlace, lui avouant :

- Si j'avais eu un père, j'aurais aimé qu'il soit exactement comme toi.

- Merci, c'est très gentil. J'aurais aussi aimé avoir un fils comme toi. Bonne nuit Tim !

- Bonne nuit, Éric.

Le montagnard éteint la lumière, ferme la porte et rejoint Aurore. Eric propose d'aller boire une infusion dehors. Il lui prête une veste, elle parait minuscule dedans et Eric la trouve attendrissante. Il lui dit d'un air taquin :

- Ça y est, tu ressembles à un épouvantail !

- Merci du compliment, mais je t'avais prévenu !

- Je plaisante, tu es ravissante et même plus que ça !

- Arrête, tu vas me faire rougir...

- On a dû souvent te le dire...

- Ne crois pas ça, je suis seule depuis que Pierre-Éric s'est tué... Il n'y a jamais eu personne depuis, répond-elle d'un air triste.

- Pourquoi n'avoir pas refait ta vie ?

- J'ai perdu le goût de vivre, Éric, et les gens ne viennent pas vers les personnes tristes. Entre toi et le père de Timothée, je me suis dit que le bonheur n'était pas pour moi...

- Tim m'avait parlé de ta tristesse et pourtant aujourd'hui, je t'ai trouvée gaie !

Un sourire radieux s'invite sur le visage d'Aurore :

- Ça fait plus de dix ans que je n'avais pas passé une si belle journée, j'avais oublié ce que c'était que de rire ! Mais tu dégages tellement de joie de vivre ! Et puis, au milieu de ce magnifique paysage, comment ne pas être heureuse ?

- Pourtant, ce beau paysage, tu n'en as pas voulu il y a quinze ans…

- J'étais jeune et je ne me voyais pas vivre loin de la ville …

Un silence s'installe, chacun étant parti dans ses pensées… Éric allume une cigarette et confie :

- Tu sais, tu m'as manqué… Quand on s'est séparés, je me suis jeté à corps perdu dans le travail et Dieu sait qu'il y en avait quand je suis arrivé ici ; j'aurais tant aimé partager cette nouvelle vie avec toi…

- Je suis tellement désolée, Éric…

- C'est du passé, n'en parlons plus, mais promets-moi de ne plus être triste ; fais-le pour Tim, il a besoin d'une maman gaie…

- Oui, mais dis-moi, tu as l'air de savoir beaucoup de choses sur mon fils …

- C'est vrai, il s'est beaucoup confié à moi au fil des mois… C'est un gosse attachant…

- Pourquoi n'as-tu pas d'enfants, tu as l'air de les aimer, pourtant…

- L'occasion ne s'est jamais présentée et ma copine actuelle ne peut pas en avoir. De toute manière, maintenant, je suis trop âgé… Allez, arrêtons de parler de choses tristes sinon on va finir par pleurer ! ajoute-t-il d'un ton rieur.

- Oui, tu as raison, parle-moi de ton quotidien, comment tu vis…

Ils bavardent de choses légères pendant un long moment puis Aurore lui fait remarquer qu'il est tard.

- Oui, rentrons… Je suis levé depuis cinq heures trente, la fatigue commence à me gagner. Tu veux un tee-shirt pour dormir, lui propose-t-il.

- Je veux bien, s'il te plait.

Ils rentrent, Éric lui donne de quoi se changer.

- Merci, bonne nuit, lui dit-elle, en s'approchant pour lui faire la bise.

- Dors bien, répond-il.

Elle lui fait un petit sourire et monte se coucher près de son fils.

Chapitre 16

Raphaëlle a passé une nuit exécrable à ressasser le message d'Éric ; ainsi il a invité à dormir chez lui son ancienne maîtresse, quel aplomb ! Très en colère, elle décide qu'il est plus prudent de ne pas leur laisser une journée de plus ensemble ; elle se prépare rapidement et part en direction des montagnes.

Quand Aurore se réveille, Timothée dort encore profondément. Elle se lève sans bruit, se dirige vers la salle de bain et se trouve nez à nez avec

Éric, vêtu d'une simple serviette autour de la taille.

- Oh ! Pardon, s'excuse-t-elle, rougissante, je te pensais déjà dehors avec tes bêtes…

Tout aussi gêné, Éric balbutie :

- Je ne me suis pas réveillé ce matin, d'habitude je me lève bien plus tôt et sans réveil…

Tous deux sont troublés par la quasi-nudité de l'autre ; Aurore ne peut détacher ses yeux du corps de son ami. Que m'arrive-t-il, se demande-t-elle, je n'ai pas regardé un homme depuis la mort de Pierre-Éric…

Éric, quant à lui, fixe ce petit bout de femme frêle dans son grand tee-shirt et il a toutes les peines du monde à rester distant…

- Je te laisse la salle de bain, je vais préparer le petit déjeuner, tu prends toujours du café le matin ?

- Oui, oui, merci…

Le couple est en train de déjeuner quand on frappe à la porte. Éric va ouvrir et se trouve face au facteur.

- Bien le bonjour, j'ai un recommandé pour toi, gars…

- Salut, Jeannot, entre donc, tu vas bien boire quelque chose…

- Ben, ce n'est pas de refus, je prendrais bien un petit café avec vous…

Le facteur, s'attendant à trouver Raphaëlle, s'arrête net.

- C'est-à-dire que je ne voudrais pas déranger… Elle n'est pas là, ta fiancée ?

Eric soupire :

- Non, elle va venir dans la journée, je te présente Aurore, une vieille amie…

- Pas si vieille que ça… Bonjour, madame, dit-il en s'approchant de la jeune femme.

- Bonjour monsieur, appelez-moi Aurore, si vous voulez, répond-elle en lui tendant la main.

- Moi, c'est Jeannot… Je suis le facteur…

- Oui, c'est ce que j'avais cru comprendre, rétorque-t-elle en souriant.

Timothée arrive en dévalant les escaliers, mettant fin à cette situation gênante :

- Bonjour tout le monde, puis remarquant Jeannot, oh, vous êtes le facteur ? Faut tout me dire sur votre métier, j'adorerais faire comme vous…

Ils s'installent tous les quatre autour de la table et la conversation va bon train, la bonne humeur est de mise, chacun y va de son anecdote. Jeannot raconte la fois où, arrivé chez une famille, le vieux hurlait, car pendant la nuit, son voisin avec qui il était fâché, avait mis de la poudre noire et une mèche au pied de ses arbres fruitiers, les avait entourés de plastique et y avait mis le feu ; ça avait pétaradé de partout ! On aurait dit la détonation d'un feu d'artifice, aux dires de l'ancien !

Tim l'écoute, émerveillé de tout ce qu'a vécu le facteur, lui réclamant encore et encore des histoires.

- Ça aurait été avec plaisir, petit, mais moi j'ai du courrier à distribuer !

- Je peux venir avec vous ?

- Ben si ta mère est d'accord…

- Non, Jeannot, ce n'est pas contre vous, mais on ne va pas trop tarder, on doit rentrer à Chambéry…

- Déjà ! s'écrient en même temps, Éric et Timothée.

Mais Aurore ne veut rien savoir des protestations des deux garçons, elle reste ferme sur son intention de partir avant midi. Le vieux facteur prend congé, la jeune femme expédie Éric et Timothée s'occuper des bêtes et lave la petite vaisselle du matin, puis les rejoint à la bergerie. Et ils amènent, tous les trois, les chèvres en champs.

Quand Raphaëlle arrive, elle trouve de nouveau la maison vide. Sa colère redouble quand elle les voit, comme la veille, redescendre de la petite montagne, tous les trois ; Éric, chahutant avec le gamin. La jalousie habite son cœur. Jamais elle ne pourra offrir ce bonheur à Éric et quoiqu'il en dise, cet enfant est à ses yeux, ce qui manque à son équilibre. Enfin, le trio arrive vers Raphaëlle, Éric fait les présentations, et tout de suite, entre les deux femmes, une certaine animosité s'installe. Aurore, devant l'hostilité de l'institutrice, ne tarde pas à vouloir partir.

- Éric, on va y aller...

- Vous reviendrez, n'est-ce pas ?

- Je ne sais pas, hésite Aurore...

- S'il te plait, maman, on peut revenir le weekend prochain ?

- Revenez quand vous voulez, vous serez toujours les bienvenus…

- Tu nous appelles et on voit ça…répond prudemment Aurore.

Ils se disent au revoir, s'embrassent, Tim sert Eric très fort contre lui, les yeux pleins de larmes.

- Tu me promets, hein, que tu nous appelleras ?

- T'inquiète pas, mon garçon, je te téléphonerai très vite…

Les femmes se saluent assez froidement et les deux visiteurs s'en vont.

- On rentre ? propose Raphaëlle.

Mais Eric ne répond pas, il reste, les deux mains dans les poches, à fixer l'horizon où ses deux amis disparaissent. Nerveusement, Il allume une cigarette, remarque que le ciel s'assombrit, en accord avec son état d'âme. Ses hôtes sont partis et il a envie d'être seul pour réfléchir à tous les sentiments contradictoires qui l'habitent depuis la veille, mais déjà Raphaëlle hèle le montagnard :

- Eric ! Tu viens ?

Il ne répond pas, mais se dirige d'un pas lourd vers la maison.

Chapitre 17

- Ça ne va pas ? lui demande-t-elle.

- Non, je t'ai trouvée très froide avec mes invités...

- Et tu aurais voulu quoi ? Que je saute de joie en sachant que tu logeais ton ex-petite amie et son fils ? T'es-tu seulement mis à ma place ? Imagines-tu ce que j'ai ressenti quand je vous ai vu descendre de la petite montagne, tous les trois, en riant ?

- Écoute, ç'a été dur pour Tim d'apprendre qu'il n'avait plus de père...

Et Eric raconte à Raphaëlle la terrible histoire d'Aurore, il conclut :

- Alors, on a fait au mieux pour le distraire.

- Et tu comptes les revoir ?

- Bien sûr, je l'ai promis à Timothée…

- Mais réveille-toi, Eric ! Ce gamin n'est pas le tien ! Il ne t'est rien !

- Comment peux-tu dire une chose pareille, tu n'as donc rien compris, j'aime cet enfant, je me fous des liens du sang ! Je suis sûr que nombre de pères ne connaissent pas leur enfant comme moi je connais Tim ! Cet enfant viendra aussi souvent qu'il veut à la maison et si sa mère ne peut pas l'emmener, il prendra le train et j'irai le chercher à Moûtiers.

- Et si sa mère veut bien l'emmener, on va les avoir tous les deux ?

- Raphie, je conçois que ce ne soit pas facile pour toi, mais oui. Je les aime beaucoup tous les deux…

- Dis-moi Eric, je me situe où, dans ta vie ?

- …

- Si tu devais choisir entre Timothée et moi, qui choisirais-tu ?

- Arrête, tu dis des bêtises…

- Réponds-moi, Eric !

- Je ne veux pas avoir à choisir. Tim aurait trop de peine si je ne donnais pas de suite à notre amitié. Tu peux comprendre ça ?

- Oui, bien sûr, mais il ne viendrait qu'aux vacances scolaires, ça serait suffisant…

- Il viendra autant de fois qu'il veut, répliqua fermement Eric.

- Et nous deux ?

- Quoi, nous deux ?

- Ne fais pas semblant de ne pas comprendre !

- Si ce gamin était le notre, on ferait comment ?

- Bon sang ! Ce n'est pas le *notre,* chéri ! s'emporte la jeune femme.

Eric sort en claquant la porte et se dirige vers la bergerie, laissant la jeune femme dépitée. Elle n'a pas l'habitude de voir son ami avoir des accès de colère ; il est toujours si calme, si posé. Elle va le rejoindre et lui dit :

- Ok, Eric, on peut essayer…

- Merci, Raphie…

Elle se blottit dans les bras de son ami…

- Je t'aime tant, mon chéri, lui susurre-t-elle. Mais Eric ne répond pas, il pense au moment où il a tenu Aurore dans ses bras, à ce baiser qu'ils ont partagé. Cela avait été un vrai moment de passion et même s'il aime beaucoup Raphaëlle, ses sentiments envers elle, il s'en rendait bien compte maintenant, n'ont rien à voir avec l'amour ; il comprend pourquoi en deux ans, il n'a jamais voulu habiter avec elle. Tim a raison, quand on est amoureux, on a envie d'être toujours ensemble !

Mais comment avouer une chose pareille à Raphaëlle sans lui faire trop de peine ?

Chapitre 18

Le couple passe somme toute un assez bon weekend même si Raphaëlle sent un changement dans le comportement d'Éric ; il est souvent pensif, distant, ce qui ne lui ressemble pas. Vers vingt et une heures, la jeune femme retourne à Moûtiers, le cœur un peu lourd. Eric apprécie de se retrouver seul, il se balance sur son rocking-chair, des pensées nostalgiques plein la tête. Il se remémore le moment où Tim a cru qu'il était son père ; il aurait pu être son père, il aurait tellement aimé l'être… Il revoit Aurore, toute frêle, toute belle, flottant dans son tee-shirt ; il avait eu envie de la prendre dans ses bras... Mon Dieu, pense-t-il, je crois que je suis encore amoureux d'elle... Que vais-je dire à Raphaëlle ?

Ce weekend a été trop riche en émotion, il décide d'aller se coucher, il sera toujours temps, demain, de prendre une décision. Eric est à mille lieues d'imaginer qu'Aurore, de son côté, laisse vagabonder ses pensées du côté de la Tarentaise ; elle a été troublée de revoir Eric ; malgré les années qui ont passé, Aurore s'aperçoit qu'elle aime encore Eric. Comme elle aurait aimé rester là-haut avec Tim, mais il y a Raphaëlle... Et pourtant elle n'a remarqué entre eux, ni geste tendre, ni regard énamouré, Eric a même paru un peu contrarié par sa venue. Quel drôle de couple, se dit-elle, pourquoi n'habitent-ils pas ensemble ? Il lui faut être raisonnable, n'aller voir Eric que pour faire plaisir à Tim si son ami le lui propose. Elle va se coucher le cœur triste...

Eric se réveille fatigué. Il a passé une nuit exécrable pleine de cauchemars ; ça ne lui est pas arrivé depuis qu'il habite la vallée des Belleville. Il boit son café, va sortir les chèvres et sur le sentier de la petite montagne, il remarque qu'il n'a plus goût, plus de plaisir à ce magnifique paysage, qu'il a besoin d'Aurore et de Tim près de lui. C'est indéniable. Sa décision est prise à cet instant ; il sort son portable de sa poche et appelle Raphaëlle. Il n'est encore pas huit heures, elle n'aura donc pas commencé ses cours. La sonnerie retentit trois fois et il entend :

- Allo ?

- Bonjour, c'est Eric, ça va ?

- Oui, et toi ?

- Pas trop, il faut que je te voie… C'est possible que je passe ce soir, après tes cours ?

- Oui, bien sûr, on se retrouve à dix-sept heures à mon appartement ?

- Ok, très bien, à ce soir. Bisous.

- À ce soir, bisous…

Raphaëlle a à peine fini de parler qu'Éric a raccroché. Elle range son téléphone dans son sac, une boule d'angoisse l'étreint ; à cette minute, elle sait. Elle sait que son histoire avec Eric est finie.

Une fois arrivé au sommet de la petite montagne, laissant ses chèvres gambader, Eric respire longuement et appelle Aurore. Il tombe sur son répondeur et lui laisse un message :

- Bonjour, Aurore, c'est Eric. Je voulais te dire que Tim et toi, vous me manquez déjà... Vous viendrez le weekend prochain ? Ça me ferait tellement plaisir... Tu m'appelles pour me dire si c'est ok pour vous... Je t'embrasse, Aurore. Embrasse Tim pour moi, à très vite...

À seize heures, il arrête son travail, prend une douche, se rase, passe une chemise propre et part en direction de Moûtiers. Quand il arrive, Eric frappe un petit coup et entre sans attendre de réponse, comme il en a l'habitude. Raphaëlle l'attend devant un café, la mine triste, les yeux cernés. Le montagnard pose un baiser sur sa joue et s'assoit face à elle. Il n'est pas fier, non, du mal qu'il va lui faire. La jeune femme lui propose un café, ils restent un moment silencieux puis Eric se décide à parler :

- Raphie, il faut que je te dise quelque chose, mais ce n'est pas facile… Je t'aime beaucoup, tu sais, mais… Je crois que ce n'est pas de l'amour…

- Et tu t'en rends compte, aujourd'hui ?

- Oui, j'ai cru sincèrement être amoureux de toi, mais j'avais oublié ce qu'était vraiment l'amour…

- L'amour, c'est ce que tu éprouves pour Aurore, n'est-ce pas ?

- Oui, c'est vrai, je crois que je l'aime…

- Alors, il n'y a rien à ajouter… Tu seras gentil de me redescendre les affaires que j'ai chez toi…

- Bien sûr, tu veux bien que l'on reste amis ?

- Il faudra un peu de temps, Eric… Que je me reconstruise…

- Je suis désolée, Raphie, je te demande pardon… s'excuse le montagnard en se levant. Il pose de nouveau une bise sur la joue de la jeune femme qui ne bouge pas et s'en va. La porte sitôt refermée, Raphaëlle éclate en sanglots.

Le bâton à la main, Eric marche d'un grand pas, le long du sentier qui le conduit à la petite montagne où ses chèvres ont passé la journée à brouter.

Arrivé en haut, il regarde ces magnifiques montagnes, la croix de son arrière-grand-père... Une douce sérénité l'envahit ; toutes ces étendues, tout ce calme lui fait tellement de bien. Il est tiré de sa contemplation par la sonnerie de son téléphone portable :

- Allo ?

- Salut, Eric, c'est Aurore...

- Bonjour, je suis content que tu m'appelles...

- Pour ton invitation pour ce weekend, c'est très gentil, mais Raphaëlle est-elle d'accord ? Je ne voudrais pas m'imposer surtout si vous ne vous voyez que les fins de semaine…

- Ne t'inquiète pas pour ça, nous avons rompu ce soir…

- Oh, je suis désolée…

- Ne le sois pas, c'est mieux ainsi… Vous venez, alors ?

- Alors ok, Tim va être tellement content, il ne parle que de toi…

Les amis parlent encore un petit moment puis après s'être mis d'accord pour samedi, fin de matinée, Aurore raccroche.

Chapitre 19

Tim est heureux. Avec sa mère, ils arrivent enfin au chemin qui mène chez Eric. Ils descendent de la voiture et, leurs bagages pour un weekend dans chaque main, ils se dirigent chez leur ami. Eric est occupé à ranger quand il entend frapper à la porte. Il se précipite pour leur ouvrir, aussi impatient que Timothée ; le jeune garçon se jette dans ses bras et un grand sourire illumine le visage d'Éric et d'Aurore. Ils sont tous les trois tellement heureux de se retrouver ! Après les embrassades, Tim fait part à son ami de son envie d'aller voir les chèvres.

- Bien sûr, mon garçon, que l'on va aller les voir, j'ai même prévu un pique-nique, car je vais vous emmener jusqu'à la croix de mon arrière-grand-père et on mangera là-haut, ça vous dit ?

- Oh oui ! s'exclament en même temps Aurore et son fils.

- Vous avez prévu les chaussures de montagne comme je vous l'avais conseillé au téléphone ?

- Bien-sûr, tu nous prends pour des citadins ? plaisante la jeune femme. C'est une journée merveilleuse pour les trois amis. Si le bonheur était une image, il serait ces sourires, ces rires, cette joie de vivre qui illumine les visages de ce trio complice.

Chapitre 20

Quelques mois plus tard...

On peut dire qu'il y en a eu des changements au pays ! En tous les cas, moi, je suis content parce que le petit Tim, c'est un bon gosse et parfois il m'accompagne dans mes tournées ; il m'a raconté un peu sa vie et croyez-moi, il a bien mérité un peu de bonheur ! Je vais vous dire, ce petit, c'est un rayon de soleil à lui tout seul !

Évidemment, je vous le dis, du jour où Aurore est entrée dans la vie d'Éric, moi, je n'ai plus jamais revu Raphaëlle dans nos hauteurs de Saint Martin. Quant à Tim et sa mère, ce qui devait arriver arriva, ils ne sont plus redescendus à Chambéry. Je sais qu'Éric a emmené le petit au-dessus de Val Thorens, d'où on voyait les barres rocheuses de « Tête Ronde », là où son père s'était tué. Pauvre gamin, ce fut une épreuve pour lui ! Agenouillé, écrasé par ces sombres parois, il a pleuré toute sa souffrance. Pourquoi Dieu avait-il donc permis tout cela ? Alors Eric a pris Tim dans ses bras et il m'a confié qu'à cet instant, il s'était promis de tout faire pour que le gamin soit heureux ; il a tenu sa promesse, il a épousé Aurore par une magnifique journée, il y avait un monde pas possible à la Chapelle de Notre Dame de la Vie ! Au vu de leurs visages rayonnants à tous les trois, j'ai regardé du côté du ciel et j'ai fait un clin d'œil à Dieu ; lui et moi, on se comprenait, faut dire qu'il y a longtemps qu'on se cause !

Je suis allé féliciter les mariés quand j'ai entendu appeler :

- Papa ! Jeannot !

Étonné, j'ai regardé le petit, puis j'ai regardé Eric et ce dernier, avec un grand sourire, m'a dit :

- Hé oui, Jeannot, j'ai reconnu Tim, il porte mon nom, désormais il est mon fils ...

Et là, il m'a bien semblé entendre murmurer à mon oreille : « Et si tout ce bonheur, c'était un peu grâce à toi, Jeannot, le facteur de notre belle vallée ... »

*Vous pourrez retrouver Éric, Aurore et bien sûr Thimoté prochainement dans mon nouveau roman « **Je te promets…** ». Vous ferez ainsi connaissance d'Ida, de Thierry et de Pétrus, sans oublier la petite Lilou…*

L'auteur rappelle que toute ressemblance avec des personnes existantes ou ayant existées est une pure coïncidence.

Je remercie,

Marie-josé Cassassus qui m'a encore une fois beaucoup aidée tout au long de l'écriture de ce roman,

Patrick Menoud pour m'avoir renseignée avec patience et passion sur la vallée des Belleville,

Jeannot Humbert pour avoir eu la gentillesse de me recevoir chez lui et me parler de la vie quotidienne des bellevillois,

Cindy Gallin et Guillaume Pivetta de QSC Communication pour la première de couverture,

Vous, mes lecteurs qui êtes toujours présents quand je doute.